西北行

诗歌名家星座

谢克强

著

陕西新华出版

太白文艺出版社·西安

图书在版编目（CIP）数据

西北行 / 谢克强著. -- 西安 : 太白文艺出版社,
2021.8（2023.6重印）
（当代诗歌名家星座 / 李少君主编）
ISBN 978-7-5513-1970-6

Ⅰ.①西… Ⅱ.①谢… Ⅲ.①诗集－中国－当代
Ⅳ.①I227

中国版本图书馆CIP数据核字(2021)第144865号

西北行
XIBEI XING

作　　者	谢克强
责任编辑	张婧晗
封面设计	郑江迪
版式设计	新纪元文化传播
出版发行	太白文艺出版社
经　　销	新华书店
印　　刷	三河市同力彩印有限公司
开　　本	889mm×1194mm　1/32
字　　数	94千字
印　　张	5.875
版　　次	2021年8月第1版
印　　次	2023年6月第2次印刷
书　　号	ISBN 978-7-5513-1970-6
定　　价	45.00元

《当代诗歌名家星座》 | 序 言

冯友兰先生在《国立西南联合大学纪念碑碑文》中说："我国家以世界之古国，居东亚之天府，本应绍汉唐之遗烈，作并世之先进，将来建国完成，必于世界历史居独特之地位。盖并世列强，虽新而不古；希腊罗马，有古而无今。惟我国家，亘古亘今，亦新亦旧，斯所谓'周虽旧邦，其命维新'者也！"

创新，一直是中国文化的使命。创新，也是中国文化的天命。中国自古以来是"诗国"，汉赋唐诗宋词元曲，艺术的创新总是与时俱进的。百年新诗，就是创新的成果。没有创新，就没有新诗。

"创造性转化，创新性发展"，我的理解就是创新与建构是相辅相成的。创新和建构并不矛盾，创新要转化为建设性力量，并保持可持续性，就需要建构。建构，包含着对传统的尊重和吸收，而不是彻底否定和破坏颠覆。创新，有助于建构，使之具有稳定性。而只有以建构为目的的创新，才不是破坏性的，才是真正具有积极力量的，可以转化为新的时代的能量和动力。

众所周知，诗歌总是从个体出发的，但个体最终要与群体共振，才能被群体感知。诗歌是时代精神的象征，真正投身于时代的诗人，其个体的主体性和民族国家的主体性、人类理想和精神的主体性，就会合而为一，就会成为时代精神的代言人。伟大的诗歌，一定是古今融合、新旧融合、中西融合的集合体。杜甫就曾创造了这样的典范。

杜甫是一个有天地境界的人。在个人陷于困境时，在逃难流亡时，杜甫总能推己及人，联想到普天之下那些比自己更加困苦的人们。在杜甫著名的一首诗《茅屋为秋风所破歌》里，杜甫写到自己陋室的茅草被秋风吹走，又逢风云变化，大雨淋漓，床头屋漏，长夜沾湿，一夜凄风苦雨无法入眠。但诗人没有自怨自艾，而是由自己的境遇，联想到天下千千万万的百姓也处于流离失所的境地。诗人抱着牺牲自我成全天下人的理想呼唤"安得广厦千万间，大庇天下寒士俱欢颜，风雨不动安如山"，"何时眼前突兀见此屋，吾庐独破受冻死亦足！"。这是何等伟大的胸襟！何等伟大的情怀！杜甫也因此被誉为"诗圣"。

"文章合为时而著，歌诗合为事而作。"杜甫无疑是中国诗歌历史的高峰。每一代诗歌有每一代诗歌之风格，每一代诗人有每一代诗人之使命，如何在诗歌史上添砖加瓦、锦上添花，创造新的美学意义和典范，是百年新诗的责任，也是我们当代诗人义不容辞的责任。

由太白文艺出版社策划、出版的这套《当代诗歌名家星座》，注重所收录诗人的文本质量和影响力，着力打造引领当代诗歌潮流的风向标。这套丛书收入了汤养宗、梁平、陈先发、阎安、谢克强、苏历铭、李云等人的作品，他们早已是当代诗坛耳熟能详的诗歌名家，堪称当代诗坛的中坚力量。他们或已形成成熟的个人诗歌风格，或正处于个人创作的巅峰期，他们身上所展现出来的创作活力，正是当代诗歌的活力。相信这套丛书能够帮助广大读者多角度、多层次地深入当代诗歌创作一线，领略瑰丽多姿的诗歌美学。

新的时代，诗歌这一古老而又瑰丽多姿的艺术门类，需要紧扣时代发展的脉搏，深入生活扎根人民，不断挖掘时代发展浪潮中的闪光点，为广大人民群众提供更加丰饶的精神食粮，推动实现从"高原"到"高峰"的突破，书写中华民族波澜壮阔的全新史诗。这套丛书收录的八位诗人，无论是他们的创新能力，还是创造能力，都已在长期的写作过程中得到证明。他们心怀悲悯，以艺术家独有的观察力、整合力，萃取日常生活中富有诗意的一面，呈现出气象万千的时代特征。

风云变幻，大潮涌起，正可乘风破浪。新的时代，中国正处于历史的上升期，这也将是文化和诗歌的上升期，让我们期待和向往，并为之努力，为之有所创造！

李少君

目 录

第五辑　回首宁夏

6

第一辑

走进西藏

青藏铁路

是谁铸造了这把钥匙呢
是谁铸造了这把锃亮的钥匙呢
穿云破雾　直插云天

它轻轻旋转了一下
西藏的门就开了

路碑

一块路碑　又一块路碑
就像不远处的雪山　冰崖
庄严地站立

一块路碑　又一块路碑
迎着扑面而来的暴风雪
坚定地站立

这岂止是一块块路碑
也是一群顶天立地的汉子
一支进军拉萨的军旅

那碑上的一个个数字
不仅记载着筑路人的心愿
也记下青藏高原前进的步履

伸向远方的路

那么高的雪山还踮起了脚
往天外的头顶望着什么
只见云端有两条黑线伸向远方

仿佛是为了让雪山看得更远
太阳冲破头顶的层层云雾
露出可人的笑靥

几只藏羚露出惊慌的神色
这是从哪里伸来的两条铁轨
竟敢伸向生命禁区

只有铁轨依然向前延伸
它要将北京的问候与祝福
送到拉萨

在拉萨

头顶上的蓝天是陌生的
蓝天下的布达拉宫是陌生的
从布达拉宫吹过来的风是陌生的
伏在风里朝圣的藏家少女也是陌生的
只有朝圣少女头顶金灿灿的阳光
是熟悉的

阳光阳光　莫是上苍的恩泽
才让这座离太阳最近最近的城
给初来拉萨的陌生人
温情的爱抚

布达拉宫

那白　雪一样圣洁的白
那红　火一样炽烈的红
红与白交相辉映的布达拉宫
以巍峨高耸的庄严与神圣
屹立于玛布日山上

那白　是雪一样圣洁的虔诚
那红　是火一样炽烈的向往
虔诚与向往构筑的布达拉宫
以无以言说的佛语与神性
屹立于藏民至诚至善的心上

是啊　布达拉宫岂止是一座宫殿
更是西藏的一部灵魂之书

走近布达拉宫

空气是重的　身子也是重的
但始终有一种向往
催促我一步一步向上攀登

向往是重的　石阶也是重的
但始终有一种信念
催促我一步一步向上攀登

信念是重的　脚步也是重的
但始终有一股力量
催促我一步一步向上攀登

向往　信念　力量
我的布达拉宫哟

酥油灯

一朵　两朵　三朵
数不清的灯数不清的花朵
在自由地开放

这灯　光芒的孕育之母
它光芒闪闪的花瓣　闪烁
清清淡淡的香

谁是它们的守望者啊
用虔诚与爱
日复一日　将它拨亮

我是一只远来的飞蛾
和无数只祈祷的飞蛾一样
绕着芬芳飞翔

芬芳的灯光
岂止拂去我心头的浮尘
也点亮我内心的光

佛光

花香和鸟语追着流水远去
这个季节　含苞的阳光
正在缓缓开放

——无以言说地寻觅
一重山一重水一重云一重雾
催我　越过岁月的泥沼

九仞之上　是心之天国
抽穗的阳光里有声响在跃动
就像我灵魂热切的呼唤

前面迎我的是旷远的天空
我像山鹰张开臂膀　让日月星光
将我的灵魂照亮

布达拉宫广场所见

她安详地跪着
跪在黎明的布达拉宫广场
双手合十仰望布达拉宫

不远处　几只白色的鸽子
嘀嘀咕咕不知说些什么
陶醉在尘世的光影中

她目不斜视　将头低垂下来
轻轻叩响地面
随即　地面发出骨头的回声

晨光　从大昭寺赶了过来
拉长她虔诚的影子

在大昭寺

刚刚，我用拉萨河清澈的水
轻轻洗了洗千里旅途的
仆仆风尘

此刻，站在大昭寺里
寺里袅袅的梵声，仿佛圣水
轻轻洗涤我世俗的身心

从拉萨河畔走到大昭寺
我从凡尘走进仙境

拉萨河夕照

从远天流来的拉萨河水
清亮澄澈　映照着不远处的经幡
和经幡下的拉萨

朝圣的脚步　追着夕光走远
转动的经轮也归于沉静
有风　催我坐在河边守望

不沉思于哲　不冥想于禅
只想坐在夕照苍茫的寂静里
听布达拉宫祈祷的法号声飘远

这一刻　我不关心喧嚣的世界
只关心内心的河水从哪里流来
又流向何处

八廓街即景

真是惊鸿一瞥
你以素净与典雅的美
惊喜我迷离的眼睛

带走我目光的
还有你手中转动的经轮

从你清澈的大眼睛里
我闻到了一股宗教的味道
和勃勃青春的气息

真想阳光在这一刻凝住
将青春　宗教和我融在一起

走在大昭寺的藏家少女
这一刻　在八廓街的叫卖声中
你走向何处

拉萨遇雨

从祈祷与烛火的深处
我缓缓走出大昭寺　　只见
天空低垂下来

悬在高处的雨
像是着意等我走出大昭寺
才突然洒落下来

仰面向天　　我伸出双手
接过一滴又一滴雨
晶润　　柔长

雨　　是佛的念珠吗
轻轻落在我空旷的心上
似要改变一点什么

在玛吉阿米酒吧

这里曾经演绎过的凄美的浪漫

抑或离经叛道的情伤

都已湮没于时间的尘埃里

那时　他用最世俗的方式爱着

男欢女爱也是罪过吗

在不食人间烟火的宫殿

他幸福的泪不知流向何处

如今　那禅意的传说　泪写的诗

穿越时空和俗尘　引我

走进激情过后的废墟

待我要了一杯咖啡坐下

时间走动的表情

引我有些落寞的目光

落在刚刚翻开的诗集上

"玛吉阿米的容颜　出现在我心上"

被阳光照亮的诗句　映着咖啡

白亮亮地晃

夜宿拉萨

不是累　是有些兴奋
睡眠在睡眠的床上醒着
寻找梦

月光似知道我的心思
带着失眠的眩晕
泻进窗里

这时　有生硬的躯体
想寻一件梦的衣裳
裹紧烦躁的现实

窗外的喧嚣远了
布达拉宫的烛火　更远了
梦还没有来

守着这夜
守着灯火不能到达的深处
我在等

羌塘草原

这里什么也没有
除了远处的一座座雪山
和雪山上飘浮的一朵朵白云

这里什么也没有
除了雪山下一片苍茫的空旷
和空旷里铺展的一地阳光

这里什么也没有
除了开在阳光下的几朵野花
和野花散发的淡淡清香

这里什么也没有　只有
一群群肥硕的牦牛和一群群羊
低头啃食一地阳光

在那根拉山口

冷风　宽衣解带
撒着欢儿从高天扑面而来
扑向那根拉山口

站在海拔 5190 米之上
不等阳光与雪擦肩而过
我浅浅舒了口气

远眺天边的圣湖纳木错
仿佛一页蔚蓝色的经书
摊开在蓝天下

雪山与白云早已隐退
翻过念青唐古拉的山风
似在低低吟诵着什么

不等我迷失在时空的隧道
那风潮汐般漫过那根拉山口

弥漫着一股宗教的味道

我随手从风里抓了几个音符

匆匆揣在怀里　让它

为我御寒

经幡

高天远来的风
恣意拂动或拍打着经幡
令经幡急促地呼唤

应着一阵紧似一阵的呼唤
我将一块刻满经咒的石头
虔诚地放在玛尼堆上
然后　双手合十

在经幡梵音般的歌唱里
那根拉山口的高高的玛尼堆
以及　远道而来的我
禁不住一阵阵战栗

风中律动飞扬的经幡啊
是不是山神的预言
等人诠释

纳木错

1

这幽深湛蓝的湖

在藏胞的眼中　其实就是一部

博大精深的经书

这不　一位老阿妈

手摇经轮　缓缓走近湖岸

俯首跪读

有仰望　就有臣服

顿时　老阿妈虔诚的身影

在我的眼里高大起来

在纳木错　我心灵的镜头

有了一幅风景

2

一阵微风轻轻拂过

拂动一湖清澈澄净的蓝

拂动我茫茫的思绪

望着老阿妈跪读的身影

我不由得默默低下了头

好想掬捧水　洗洗蒙尘的心

这是天下最幽最深的水

也是人间最纯最净的水

由此　我不敢碰触

我怕我世俗的手指　打破

一湖原始的宁静

路遇

翻过凛冽的冬天
念青唐古拉山　竟然给他
让出一个通天的山口

也许感受到了他的虔诚
风也追了过来
追着他的身影向前扑去

（我拽紧风　轻轻质问自己
在通向缪斯圣殿的路上
你是否如此虔诚）

一步一步　起来跪下
他以匍匐的身躯丈量漫漫的路
他知道　每伏身磕一个长头
就离心中那佛光闪耀的圣地
又近了一步

我不认识这个藏家兄弟
但我从他虔诚而庄重的表情中
认识了信仰

锅庄

月光打着旋儿
镶银的刀鞘牵着绿松石镯子
以及浴着月光的青春与美
打着旋儿

一时间
轻松与浪漫　手拉着手
打着旋儿

惹得脚下旷阔的草原
和草原尽头冷冽的雪山
以及雪山草原协奏的牧歌
也打起旋儿

这是一个民族的觉醒之舞
也是一个民族的欢乐之舞
在觉醒与欢乐的旋转中
灵魂　总是先于肉体
舞之　蹈之

雪鹰

迎着狂怒呼啸的暴风雪
一只鹰　抖开黑色的翅膀
插入苍茫

肆虐的风雪哪肯示弱
风围雪剿　妄图撕裂鹰的翅膀
谁知鹰一抖翅　竟将暴戾的风雪
划开一道道伤口

暴戾的风雪喘了一口气
又一次向鹰进行围剿

在风雪粗重的喘息声里
鹰以滴血的翅膀劈向风雪
一时间　比生命还旷阔的天空
有了生动鲜活的内容

雪鹰　我探寻雪原的兄弟
你用你简洁深刻而有力的飞翔
给我跋涉雪原以启示

雪莲

不管风应不应允
也不管雪愿不愿意
它想开就开了

是啊　是花自然要开
只是它与众不同　喜欢
开在突兀的巉岩上
开在风雪深处

除了风雪　我猜
它不会说出心中久贮的
秘密或心事

牦牛

风吹过来　似在吆喝什么
就在风狂野的吆喝声里
一棵一棵小草　从泥土深处
抬起春天的头颅

不等小草青嫩了时间
一群牦牛走了过来
蹀躞之步　似想和苏醒的泥土
交流久别的绿色话题

不等风雪和砾石间的小草召唤
啃草的牦牛缓缓向我靠近
整个荒滩　也跟着它们在走
走进我张开的镜头

哪里传来悠长的呼唤
呼唤一个漂泊异乡的诗人
在砾石　小草和牦牛之间
寻找一缕诗意

青稞

起风了
油绿油绿的青稞站在坡地上
在石砾和风的喘息声里
朝我点了点头

是不是代表苍凉的藏北高原
欢迎远道而来的我

我的目光　从一棵青稞
从一棵凄苦中微笑的青稞
跳到另一棵艰辛中生长的青稞上
然后　朝青稞点了点头

这守着贫苦与孤寂的青稞
值得远来的我表示敬意

藏北听歌

是谁　是谁家的牧羊女啊

将高原上的云朵和羊群

轻轻放进我的耳朵

像雨一样洒云一样飘

如泣如诉的歌声

是不是想将你心尖上的感受

变成美妙的声音

像酒一样醇蜜一样甜

纯情柔美的歌声

是不是你想用你诚挚的热情

拂去我旅途的疲倦

在这苍茫旷阔的草原上

歌声胜似一条迎客的哈达

为了能留住你的歌声

我搬来旷远的天空

远处的雪山醉了

近处草原上的花儿醉了

哈达

是从雪山捧来一捧雪
还是从天空牵来一片白云
你献给远来的客人

是捧着晶莹剔透的青稞酒
还是端上洁白清香的酥油茶
你献给远来的客人

是喜马拉雅山冰清的爱
还是雅鲁藏布江悠长的情
你献给远来的客人

当你躬着身连同微笑递给我
我接过的岂止是一条洁白的哈达啊
也是把青藏高原捧在手中

藏刀

一把雕花的藏刀
霜刃　似一架凛冽的冰峰
占据藏语的峰巅

是啊　在藏语的宝典中
这怕是最有硬度的一个词
也是最锋利的一个词

而这个锋利的词
炽热　凝重　却又冷峻
屹立在一个民族的生命里

然而　更多的时候
它只藏在意志的刀鞘里
装饰英武的世界

面对一把藏刀　我对
可以断水可以断腕的藏刀的认识
可能有些肤浅

藏羚羊

像是一个凝重的问号
那只领队的头羊突然停住
仰头张望

一列火车　呼啸奔驰而来
惊散天上的白云和地上的草

惊恐中　头羊晃动着犄角
抬起比犄角还要锋利的目光
望着远处呼啸而来的火车

头羊那逼视的目光
闪着刀一样锋利的光芒

望着藏羚羊逼来的目光
刚才还气势汹汹而来的火车
慌忙中　仓皇地溃逃

幻象：树

在那曲　在 4700 米的高原
风　再往时间的上游吹一吹
就是苍茫旷阔的雪原

什么时候　仿佛一夜之间
从雪原苍茫的深处　突然长出
一棵又一棵银色的树

那不是树啊
那是一座一座树一样的输电塔
站在离天最近的地方

时间　追着日月在延伸
追着时间　一条条银线在延伸
它却站着岿然不动

那一棵一棵银色的树
给西藏送去光明

第二辑

远眺青海

远眺青海湖

眼神怎么那么忧郁呢
噙着一滴忧怨的泪

是不是远来的游人
打扰了你的宁静

远远眺望你一湖幽深的蓝
我不敢走近

青海湖

1

经幡拂动的尽头

我深情地凝望着你

禁不住虔诚地弯下腰来

掬起一捧蔚蓝

是浇灌牧草和"花儿"的湖水吗

我浅浅抿了一口　尝尝

怎么这诱人蔚蓝的湖水

竟半苦　半咸

莫非是当年西去的文成公主

站在日月山上　怅然回望长安

潸然落下一滴伤心的泪啊

盈成这一汪咸湖

2

此刻　我就站在宁静的湖岸

望着一汪蓝澄澄的湖水

眼瞳蓄满晶莹的泪

沉默　我比远山还要沉默

无论搜寻什么生动鲜活的形象

都无法穷尽湖的内蕴与风姿

面对青海湖　我愧作诗人

湖水　幽密幽密的波纹

能告诉湖水深不可测的秘密吗

你的无言　让我陷入沉思

骤然　我想起人类的肾

也许因了这一汪深邃的湖

突兀高原的昆仑山脉

才傲视苍穹　巍峨雄起

青海湖畔

莫是迎接远来的客人
油菜花　争先恐后拥簇着
站在我的面前　悄悄
说着躁动的心思

不远处　湖畔的草滩上
一群群羊　一群群牛
花一样开着

风　将油菜花的躁动
一波一波吹远
惹得刚从梦里醒来的蜜蜂
慌忙抖开翅膀

不等阳光抖开梦的羽翼
一群又一群追逐梦的蜜蜂
在怒放的黄灿灿的花中
低吟浅唱

青海湖落日

泛着血光　欲落未落
谁给天宇洞开一个创口

一湖秋水　波澜不兴
宁静得如一页稿纸
待我挥笔抒写

缓缓下沉　一滴凝重的血
溅在失语的诗上

鸟岛

山隐水显
这么一个小小的湖心岛
竟成了鸟的乐园

是不是　这儿天蓝得旷阔
可以放飞无忧无虑的梦
还是这儿的水清纯澄澈
可以洗涤远飞归来的征尘

不　只因这儿远离人间
不用提防明枪暗箭

高原的微笑

一片连着一片的油菜花
摇晃着簇拥着青海湖
我缓缓走在油菜花之间

这一簇一簇璀璨的金黄
闪烁着一簇一簇金光
也轻轻簇拥着我

这时　一群蜜蜂追着我飞来
落在一朵朵花上　似在向我暗示什么

恍惚之间
我仿佛回到江南的故乡
像只蜜蜂　采撷三月的春光

青海湖　请张开大大的镜头
为依着油菜花的我留影
留住高原的微笑

塔尔寺的钟声

谁敲响的钟声
一波一波　由近而远
响在时间之外

这天外的来音啊
让远来的风虔诚地舞动
也让树的思想战栗

只有我　站在十字路口
不知所措

在塔尔寺

无法丈量的钟声
系着旋转的经轮　缭绕的香烟
引我站在佛前

佛在殿上　我问
如何卸下尘世身心的疲倦
当我双手合十磕了一个响头
佛依然肃穆　庄严
不肯开口

走出寺门　两手空空
只见广场上坐着一个乞丐
伸出一只黝黑皲裂的手
任来来往往的风
解读

塔尔寺即景

她跪着　静静地跪着
望着暮色中微微发蓝的白塔
双手合十在祈祷

然后　她把头沉重地垂下来
俯下身子　迅速向前扑去

为使躯体与地面更近更紧
她不停地起身　拍手　磕头
一次比一次用力

我看见　浸透虔诚的汗珠
从她磕破的额头滚落

震撼于她的执着　我打开镜头
这时　几缕沉郁而苍茫的阳光
蓦然令我一阵目眩

幡

从雪山那头　到草原这边
刚刚露出的那一部分
在招展着风

离尘世很远　离脚步很近
浸满期许与绝唱

风动　还是幡动
一面灵旗　在无际的旷野
不知呼唤谁

远眺祁连山

阳光　一寸一寸醒来
醒来的阳光　追着鹰的翅膀
追着黛青之上的白

那是秦汉唐宋的雪
如今　那见证驼铃和丝绸之路的雪
也随驼铃和丝绸之路走远

没有走的还在峰顶坚守
以冷　以冽　以旷世的坚忍
与阳光冷冷对峙

这时　车晃动了一下
我看见　远处山峰起伏的雪线
骤然往上退了几米

那是溪流河水源头的雪
那是人类生命源头的雪
醒来的阳光　你知道吗

高原

追着李娜高亢的歌声
应诗之邀　我来到这天高地阔
被称为世界屋脊的高原

与天南地北的诗人一起
站在离太阳与吉祥最近的地方
我默默注视着

皑皑雪山之上
几只山鹰　抖开翅膀搏击风云
苍天下　经幡旗一样飘动

稍远的地方　是三江源头
河滩有草的地方　就有牛羊
和牧羊女的歌声

最是一杯一杯青稞酒
浇出一群刚烈而剽悍的汉子
捧一条钢铁的哈达
献给天外来客

黑白

远处苍茫的雪山是白的
近处草尖上的霜是白的
草场旁的石头也是白的

远处草地上的牦牛是黑的
近处放牧人的帐篷是黑的
帐篷旁的狗也是黑的

我的眼睛也是黑的　好奇地
打量黑白分明的青海

青海的云

一朵一朵　比雪还圣洁的云
水一样飘荡在湛蓝的天上

一群一群　比云还白净的羊
云一样游走在绿茵茵的草地上

云一朵一朵　在不远处张望
给移动的羊群送去素洁的祝福

羊一群一群　在草地上伫立
聆听牧羊女的歌飞向白云之上

啊　青海蓝天飘荡的云
啊　青海草原游牧的羊

青青的草

这么多的草
这么多一丛绿一丛青的草
风一吹来就熙熙攘攘叫喊着
奔向天的尽头

是什么养育了这些草
高原的雨　抑或雪山的雪
还是旷远的牧歌　甘醇的青稞酒
我猜不出

这肥壮了牛羊的青青的草
这明丽了一朵朵花儿的青青的草
能不能用铺天的绿　尽染
我有些枯黄的心

回头怅望的羊

云在远处张望

望着阳光斜斜照向山坡上的草

在牧羊女晃动的鞭影里

一群群羊低着头吃草

它们低着头见地上的草吃光了

又用蹄踢开泥土　　啃着草根

突然　　一只小羊抬起头来

像是一个惊慌失措的问号

回头怅望

深深浅浅　　日益沙化的山坡

催促羊的贪婪　　那贪婪的羊啊

又是被谁吃光了呢

酥油茶

我接过哈达后　这位藏家少女
又递上满满一杯盛情

捧着热气腾腾的酥油茶
杯里的情意　有意无意
展示一些动人的情节

毡房外　几头牦牛不时拧过身来
惊诧地凝视远来的我

我知道　这热腾腾的酥油茶
是它们饮尽冷冽的风雪
以血与汗酿成的啊

待等升腾的清香诱我低头
其实　我在品尝多汁的青海

在贵德，远眺黄河

这是黄河吗
不见那滚滚浑浊的黄
一河清流　朝远天流去

河流远去　贵德还在
当我掬起一捧清清的河水
我才明白　黄河之水天上来

天上来的黄河啊
一湾清流　背负苍天日月
匆匆走出青海

天上清清的水啊　为什么
流到人间就浊黄浊黄

倒淌河

不要说我的那些兄弟姐妹
连孔雀也向东南飞啊

也不是我有反潮流的勇气
只是　尚有一点点怜悯之心

我知道　渴望水的绝不是海
最想水滋润的绝对是干渴的戈壁

你不见西部悲怆的荒漠
梦里也在祈祷水啊

向西向西　只惜我的流程太短
总被开怀畅饮的漠风吹干

夜宿茶卡

辽阔的宁静　苍茫的黑
几粒灯火　在苍黑的夜里闪烁
使夜更辽阔也更深沉

莫道几粒灯火
竟点燃远远近近一天繁星
不甘夜天寂寞的星星　躲在
不远处的盐湖嬉戏

这一夜　夜凉如水
我把梦留在这比路还远的小城
只惜亮在静谧梦深处的
依然是几粒灯火

也许明天这里会是一片喧闹
是啊　没有喧闹苦涩的汗水
哪有盐有棱有角的结晶

盐湖

一滴凝重咸涩的泪
欲滴未滴　垂挂在高原
饱经沧桑的脸上

是谁　是谁咸涩辛酸的泪
似要纯净结晶些什么

车过德令哈

车轮追着游荡的风
掠过荒滩　掠过砾石　掠过死寂
不等穿过苍茫驶向远方
德令哈到了

德令哈似不认识我
铁青着脸　静静躲在黄昏里
不言　也不语

那飞翔的词和飘落的吟唱呢
我想起一位诗人　和他在德令哈
写过的一首诗　那穿过思想与
道德的诗啊

日月山

走过拉脊山的太阳
走过青海湖的月亮
那位远嫁和番的大唐公主
站在太阳与月亮的峰口
深情眺望远方

那是　那是比
太阳月亮还要远的远方啊
重重叠叠的峰峦
裸露着重重叠叠的孤寂和苍凉
失血的风从远方吹来
拂去旷世的忧伤

不禁回首怅望长安
她那少女脉脉深情的眸子
亮过太阳　也亮过月亮
驱散了种族战争的阴霾
洞开一扇和平的天窗

从此　雄峙天地之间的日月山
与日月同光

在格尔木烈士陵园

缓缓　缓缓走在陵园里
我将墓碑上的一个一个名字
默默　默默地念

没有洁白的挽幛
甚至没有　没有一朵野花
祭献在碑前

不知何时　低垂的泪眼
竟将排排墓碑　幻化为座座桥墩
让一条路伸向远方

从没有路的地方走来
誓在无路之地开出一条路
却不幸倒在路的祭台上

沿着他们铺筑的路来到陵园
我默默低垂着头　将悲怆的泪
洒在墓碑上

当金山垭口

以意志的坚忍
喘息的车轮终于停了下来
跳下车　我站在当金山垭口

远来的风　凌厉如刀刃扑来
吹冷我还有些温热的血
又将半山的云吹薄

穿过云隙　回首来路
真感谢那些洒下血汗的筑路人
那伸向垭口陡峭的路　不仅让我
俯瞰祖国山河的壮丽

也让我行走的脚印　有了
新的历史高度

柴达木一瞥

1

一阵风刮来

一些灰尘随着风飞走了

一些石头还在

留下的一颗颗砾石

使柴达木更显空旷　赤裸

2

一阵沙尘随风远走后

从砾石和沙砾的缝隙中

钻出一棵小草

一缕浅黄　半缕浅绿

如果有来生　我愿是一棵草

与砾石沙砾缝隙的小草一起

守着荒漠戈壁

沙漠上的树

遍地沙砾　荒寂空旷
不要说找一棵峥嵘的树
连草也没有一棵

呼啸的风　卷一路黄尘
从我身边掠过
我和钻塔站在沙砾上
与风沙抗衡

旷阔的沙漠中　我和钻塔
仿佛孤独的树
孤独成风景

从此戈壁滩有了生动的内容
不再空旷

听《花儿与少年》

许是借助远来的风
歌声顺着经幡　逆风而飞
在云里盘旋　战栗　宛若
一朵花儿悄悄绽放

穿过战栗动情的歌声
不仅让我欣赏歌者抒情的歌吟
更让我深刻体悟着
少年心尖尖上的感受　和花儿
摇曳青春期的芬芳

默默无语　眼里蓄满泪水
被打动的岂止我啊
这不　因你至情至爱的歌声
偌大的青藏高原　顿时
显得异常安静

为了留住你摇曳心旌的歌声
我搬来了青藏高原的天空

囚徒的天问

——悼诗人昌耀

这里　太阳曾伴你低吟浅唱

这里　月亮曾伴你探索追寻

这里　日月摄下你瘦削的身影

也充实着你生命的意境

如今　天南海北的诗人

聚集在你写下命运之书的地方

唯独　唯独不见你

时光　也许会老去

你也许比时光走得更远

而你那些血凝泪吟的诗啊

依然溅起生命的绝响

从你生命的绝响里

以及绝响弥漫开去的苍茫

我读懂一个囚徒的天问

写在羊皮书上的宣言

——献给首届青海湖国际诗歌节

穿过秦风汉雨唐诗宋词
踏着甲骨文悠长幽远的韵律
我走近青海湖

眼前的山川草木够你挥霍
那是一个个生动鲜活的词
任诗人们恣意选择

挥霍也罢　吝啬也罢
一个个词都是一颗颗种子
播在土地一样的羊皮书上

正是怀着对土地虔诚的爱
种子会结出汗一样饱满的谷粒
供养这个世界

第三辑

留影敦煌

车发兰州

没等我挥手告别

兰州　挥动一条长长的鞭子

打着呼哨　催促车轮和我

向西行进

路　伸向远方以远

坐在车厢里

我以唐风的豪放宋雨的婉约

慢条斯理遥望着车窗外

任历史烟云匆匆飘过

是的　火车不认识我

我只是个过客　但雄关　大漠

还有武威　酒泉　敦煌

肯定不是我的驿站

我在哪里伫立　哪里

就是诗画中国

黄河母亲雕像

圣洁　端庄　典雅
更有一种博大的爱和美
震撼我的心灵

是黄土地做了你的骨骼
还是黄河水涌动你的血液
那凹凸有致的情态
又有山水之姿

啊　黄河的象征
你用你不竭的乳汁　壮硕
一个民族的灵魂

黄河石

握过手后
朋友从书架上搬来一块石头
赠我

抚摸这块黄河石
我知道　它走了很远很远的路
在惊涛里冲　在浊浪里滚
它才将粗砺与坚硬
都雕刻在脸上

这不　它奇崛的棱角
以及一道一道清晰的脉纹
似在讲述岁月
也让我感到有种比文字
更深刻的来历

朋友赠我一块石头
其实是想让我　珍藏
母亲河沧桑的历史

兰州水车

来不及捕捉一闪而过的灵感
水车不停旋转又哗哗歌唱
调动我照相机的快门

那默默流远还带着黄河体温的水
可是暗示黄河的脚步　一年一年
追着干旱　擦亮布谷鸟的啼鸣

真要感谢勤劳智慧的祖先
创造发明了水车　将低处的水
高高地举过头顶

河西走廊

沿着走廊　向着长河落日
西去的列车　忽而惊散
乌鞘岭上的一曲牧歌　忽而撞飞
祁连山中的几朵白云

我就坐在西去列车的窗口
聆听远去的驼铃

河西路上

1
远去的马蹄
湮灭在历史的尘埃中
蹄声　留在唐诗里

如今　我们奔驰的车轮
遗响将散落何处

2
远来的漠风　有些伤感
叹息西出阳关
没有壮行的酒话别

不远处　残存的烽燧
在风沙悲伤的碎片里
不知恪守着什么

古道　西风　瘦马
踏乱我的思绪……

丝绸之路

载着茶叶丝绸的驼队　以及
金戈　角弓　奔驰的马蹄
早已走进历史文字的缝隙

那飘浮云间瘦如一缕丝的路啊
从梦的里边伸向梦的外边
是赶驼人挥动的鞭子
还是采桑女灵巧的手指
拉长的呢

归去来兮
我从发黄的史籍里　仍能听见
缕缕丝绸翻飞的声息

祁连山落日

一束光芒
没来得及在河滩上饮水
一群云一样白的羊　走过河滩
走进夕照里

牧羊女扬起一杆长鞭
骤将牧歌和几束余光抽散
她要把这些暧昧的夕光与歌
送给能够安慰的人

无法安慰的祁连山　在夕照里
保持亘古的沉默

凉州词

月色把羌笛徐徐打开
沾满寒霜的笛声　悄悄飘落
落在凉州古城里

远处　灯火烁烁闪闪
这些没有忘记历史的灯火
引游客寻觅往事

坐在古城的残墙上
听风吹着沉郁苍凉的古调
在寒夜幽幽咽咽低唱

这来自远古的声声羌笛　有谁
能聆听它滴血的忧伤

铜马

武威市街心，立有一尊雷台出土的大型铜马雕塑。

——题记

背负历史的期待

在我的期待里　　奔腾而来

长鬃飘成大风

劲蹄叩响街头的沉寂

驰过雪夜朔风　　大漠孤烟

以及陇头的篝火

远去的蹄声　　真的消逝在

岁月黄卷的烟尘里

谁说这是一尊铜雕

这是有血有肉力与美的生命啊

听它青铜铸造的啸声

诱我倚马而立

有人读你成铜铸的警句

有人读你成一帧风景

在山丹军马场旧址

一匹匹马　一匹匹军马
从旷阔的草场消失了
与军马一起消失的　还有
骑兵

但军马场的草
岁岁年年依然葳蕤地生长着
让人不禁想起　曾经
与这些葳蕤的草依偎在一起的
一匹匹军马

不信　你贴着这些葳蕤的草听
就能听到军马的心跳

夜宿军马场

暮色将最后一缕霞光抹去
就在夕阳带着军马场草的气息
沉沉落进梦里时
我也走进一间旧舍

这时　不甘寂寞的风窜了进来
邀我遥看夜空的星星
我以沉默回答它的盛情
依然来回走动

待等蟋蟀也睡进梦里
不远处　一群游客仍在疯闹
此起彼伏的笑闹声
驱不走我的孤独

只因梦中的那一匹匹军马
还没向我奔来

车过玉门

一个小站闪身而过
又一个小站闪身而过
没等我看清"玉门"两个字
天就黑了

比车快的还有风
风吹无疆　吹进时间深处
吹进记忆深处　让我
骤然想起一个人　想起一个
披着老羊皮袄的汉子

那年　他走进风雪深处
走进风雪深处旷阔的荒凉
走向矗立荒凉深处的钻机
走向共和国的梦

在梦的深处
在旷远的戈壁滩深处
他和他的队友　用擎天的手
握着刹把　将一座石油城
轰然托起

阳关

遥向千年之上眺望

夕阳　浓妆淡抹一地苍茫

你在苍茫深处

硝烟　早随风沙散尽

漫漫黄沙　沉埋多少惨烈与悲壮

纵是驰骋疆场的岑参

也欲归无门

如今　叫残垣断壁也好

或土堆也罢　风蚀雨噬

能蚀噬罹难的历史吗

旌旗　历史掖不住一角

正因为如此　我才说

你是一匹战死疆场的战马

残留的一具骨架

西望阳关

此刻　暮色苍茫
渭城客人带来的细雨
欲说与前路的知己

关外的骏马　嗒嗒马蹄
驮着岑参远去　只有半墩烽燧
还钉在历史的结句

结句处　残阳欲落未落
像王翰夜光杯里的一滴葡萄酒
又似咸阳桥盼归的眼睛

张开镜头　遥望漏风的垛堞
那欲与我留影的无数英魂
无处可依

只因这残存的阳关
已不是昔日戍边的阳关

长城第一墩

兀立　巍峨地兀立
穿越时间与空间
与嘉峪关　八达岭　山海关
遥遥呼应

远天　有一只鹰
可是当年枕戈待旦的戍卒
远归的魂

抚摸这镟痕累累的残墙
依然能听见城堞垛口
催征的鼓声

龙头　抑或龙尾
一截风化的龙的残骸啊
向世人　昭示一个民族
泣血的悲壮

嘉峪关

粗犷的风吹过
早将烽火台的狼烟吹灭
也将关堞抹上边塞的苍凉

而狼烟卷起的滚滚黄沙
更是淘尽那溅血的嗒嗒马蹄
关堞就立在沙砾与血上

不说狼烟马蹄　就是历史的箴言
也在岁月的风雨中凋零
但关堞依然雄踞大漠

大漠雄关　雄踞一个民族的尊严
也做了一册史书的书脊

落日嘉峪关

在戈壁深处
在鼓角与战马曾经嘶鸣的深处
漠风　吹响一管羌笛

此刻　摇摇欲坠的落日
一半陷进折断戈戟的沙场
一半泛着铠甲的血光

白云披一身丧服赶来
抖开挽幛　旗帜一样挂在
马蹄远去的路上

嘉峪关　在血色的夕照里
仿佛一个沉默的祭台
祭祀谁呢

暮登嘉峪关

脚步似有点沉重
我怕踏着这斑驳的台阶
踏醒时间的记忆

一座紧锁河西的雄关
雄踞大漠　为何缄默不语
楼檐的风铃似猜透我的心思
欲借远来的风　诉说
岁月的沧桑

几个游人
站在关口　不知指点什么
（远去的旌旗、戈戟、弓箭
还是鼓角、号声、铁蹄）
倚着雉堞留影

抬头远望　只见一轮残阳
落在远处苍茫的戈壁滩上
溅一天血光　映照半截颓垣的
烽燧

魏晋古墓

走进长长的幽暗的墓道
就像走进一幅画
那耕地的牛　那信使的马
那采桑的少女　那宴会上的歌伎
还有那马帮驼队踏响的羌笛
……

是啊　看到墓道上的壁画
分明是墓主人生前的生活场景
生动且又鲜活的原样照搬
或者简洁的复制

与其说这是荒漠底下的座座古墓
不如说是一座座艺术宫殿啊

在长城上

此刻　我站在长城上
迎风而立

不见大漠漫天的烽烟
也不见旌旗鼓角
手抚一块断裂的堞石
从这时间陷出的缺口　还能
闻到铁血的气息

正是这气息中的铁血
和脚下这座残存于荒漠的建筑
让我读懂了一部城上城下
争战的历史

酒泉

十月的雪霜　　如清冷的月光
压低大西北夜的呼吸　　却压不住
我远来的贪婪

举起夜光杯
我舀了满满一杯泉水
遥向当年霍去病征战的沙场
一饮而尽

只因　　这是守护阳关的
一杯祝捷酒

夜光杯

一只墨绿透亮的夜光杯
杯里　葡萄酒还是疏勒河水
映着窗外的夕阳

征战的马蹄远了
那杯里溢出的月光与诗意
还在

来　大漠　孤烟　落日
让我们一起举起杯
干

不是为出征的将士壮行啊
今天我来酒泉举杯　只想饮
血与酒酿的边塞诗

疏勒河

秋日有些浑黄浑黄的阳光
再一次照在疏勒河上
这径直西去的河水从哪儿奔来
祁连山　还是羌笛

远望一河浊流　波翻浪卷
追着驼队与马帮　追着时间流远
当蹄声踏平岁月的苍茫
箭镞洞穿历史的碎片
沉郁的疏勒河左冲右突之后
突然转身　露出
浅浅的笑窝

站在疏勒河边
河水似在回答我的诘问
轻轻拍打岸边的白杨　绿洲　牧歌
和我的这首小诗

敦煌

1

从天上的青海

穿过旷阔的柴达木盆地

带着朝圣的虔诚　我来到

梦幻般的敦煌

年轻而古老的敦煌

以历史烟云洗涤的天空

明朗妩媚的笑脸

和三十八摄氏度的热情

扑面迎我

2

真要感谢风沙和时间

吞噬了丝绸之路上

那么多草原　河流与村镇

独留半湾月牙泉　半壁莫高窟

还有半截残垣断壁的城墙

彰显　敦煌独富个性的

一部大典

3

佛在掌心　一炷香火

引谁跪下祈祷

在反弹琵琶的弦上一曲未了

从远古响到如今

在一座又一座石窟前

女导游欲说还休

我没有跪下祈祷

也没有听女导游程式化的解说

只带走弦上一曲绝响

4

宁静而虔诚的泪光

还没有来得及把灵魂打开

月亮明晃晃地望着我

将一宗经卷　半盏晚灯

注释成断章

灵感　伴我失眠了

敦煌　你睡了吗

5

我来了　又要走了
但我不敢扭头回望

这经典亦诗亦画的敦煌哟
这神奇如梦如幻的敦煌哟

我不敢回头
是怕我依依惜别的泪水
淹没了敦煌

鸣沙山下

落日　越走越远
夕照里　一道昏黄的光
摇响一串驼铃

血肉遒劲的骆驼
摇晃着　追着风的鸣奏
一行行厚重的脚印　坚定沉着
搅动一地黄昏

坐在骆驼隆起的脊梁上
我抬头远望　领略
沙漠壮美的风景

月牙泉

伏在鸣沙山下
半湾碧波　半湾柔情
映亮我有些干涩的眼睛

谁说她是月牙泉
在我眼里　她就是一只媚眼
不然　我花一百二十元
她才微眯着眼睛
瞥了我一眼

正是有了这只媚眼
才诱惑那么多远方来客
踏破敦煌的门槛

莫高窟

1

远眺断崖上的石窟

仿佛一个个都在闭目养神

莫非都厌倦了这红尘俗世

才在经声佛号的交响里

与峭壁大壑为邻　打坐

掸一掸满身的风尘

驼铃声声催开惊奇的眼睛

缓缓　我走近莫高窟

在这背景是石窟诗眼是佛号的地方

我与凡尘一刀两断

2

我朝太阳招了招手

喂　请按下多彩的快门

为我与莫高窟留影

不是纪念到此一游啊

缕心为琵琶　反弹一阕新曲

鼓乐　飞天　丝路花雨

我想将那些带不走的藏品

贮存于幽深的心窟

飞天

天上有你的梦吗
你旋舞着七彩霓裳
翩翩飞在天上

欲飞的仙子
可听见那一曲羌笛
高处不胜寒啊

天花也已散尽
真想　将你从迷梦中
拉回地上

君不见　边塞狼烟滚滚
等你反弹琵琶一曲
送将士出征

敦煌的月亮

远来的风
将一串串驼铃摇落之后
一轮月亮　悄悄爬上了鸣沙山

坐在鸣沙山下
坐在一首词的上阕下阕之间
我仰望着山顶的月亮

追着骆驼的蹄印
这摄人魂魄的月亮　悄然如约而至
亦如我　来到夜的敦煌

莫是从莫高窟偷偷跑出来的
飞天姑娘哟

第四辑

跃马伊犁

伊犁马

仰天怒啸的瞬间
狂飙似的鬃毛　似要撕裂天空
不等高悬的马蹄落下
天在战栗　地也在抖动

只有那拉提草原屏住呼吸
望着一匹昂首于苍茫的伊犁马
奋蹄扬鬃　呼唤英雄的骑手
跃上马背　进行一次远征

啊　好一匹神勇的伊犁马
默默站在草原尽头
高大的身影　显得分外孤独

跃马伊犁

从夜的那岸驰来
抖动的鬃毛　　抖动漫天朝霞
不等风赠我一杆长鞭
嗒嗒的马蹄声　　如约而至

草原　　骤然闪出一条大道
山峦也顷刻屏住呼吸
这岁月与历史喂养的伊犁马
以雄健粗犷　　鼓胀的锋芒
邀我跃跃欲试

就在那马奋蹄扬鬃的瞬间
我跃上马背　　勒马壁立
渴望在马仰天长啸的嘶鸣里
奔向草原尽头

只惜那苍茫处　　没有我
挥舞战刀的疆场

马蹄铁

仿佛征战的马蹄　突然
断裂　我看见额尔齐斯河水
被滴血的夕阳淹没

在血映红的旗帜下
我听见　远了又近　近了又远的蹄声
鼓点般敲击着历史

成吉思汗的战马
卒于何处

失去血性的马

他爷爷的爷爷的爷爷
曾经牵过成吉思汗的马
那是征战骁勇的一匹马

如今　他也牵着一匹马
站在草原一角收费的围栏口
邀请游人跨上马去

望着悠然漫步的马
似失去天马行空的狂放
也没了驰骋荒野的豪情

一匹找不到骑手的马
还有野性血性吗

远去的蹄声

一匹马领着一群马
目空一切　又一往无前
从我身边一闪而过

风翻卷着马的鬃毛
是不是在追寻马的思绪
在越来越急的奔腾中
那蹄声仿佛擦肩而过的风声

清脆而又深远的蹄声
多么刚健有力　我惊忭
它们要为这旷阔苍茫的草原
写下一点什么

追着远去的蹄声　我伫望
直到那群壮硕雄健的马
奔向天的尽头

牧马人

风还没有唤醒偌大的草场

他就赶着他的一群马

走进新的一天

领头的是一匹青骢马

正低头吃草

不时还抬起头　看看

周围的一匹匹马

而它身后的小马驹

正在草尖的一颗颗露珠里

尽情撒欢

望着尽兴撒欢的小马驹

他偷偷地笑了

明年的赛马场上

就看这家伙了

想着想着

似觉它那有些单薄的双肋

张开了翅膀

风景

每一个来到草原的人
都会用自己的眼睛
发现一处独特的风景
当然　也是一处最美的风景

有天的蓝　云的白　草的绿
有绿草丛中五颜六色的花
还有散落花间的羊群

这些　我都一眼扫过
只把眼光投向草原尽头
一群马奔涌了过来
银色的马鬃　如道道闪电

真想纵身跃上马背
奔驰在旷阔无垠的草原上
奔向向往的梦里

仰望

一只鹰　掠过尘世的喧嚣
抖翅跃向黎明的空旷

寂寞的天空骤然生动起来
一任这天空唯一的动词
从一个高度跃向另一个高度

这时　旷阔的天空只有鹰在飞
当它凌空俯瞰那拉提草原
让我感到一股英雄气激荡

勒马于黎明　我仰望飞翔的鹰
是不是要写尽孤独与苍凉

界碑

立在边界　站着
像边防哨兵不肯歪斜的影子
立成劲直的威严

不羡慕风的来去自由
也不与飘浮的流云絮说孤寂
站立　就忠于职守

站立　更用生命向世界昭示
不只是威严　更是警示

霍尔果斯口岸

威严而又端庄

矗立在边境线上　矗立在

岁月与时间的路口

沉默时　拒绝一切

一旦开放　四面八方的来风

就可以进出自由

别看它小　正是有了这个关口

伊犁　新疆　甚至偌大偌大的中国

才有了自由舒畅的呼吸

将军府

府前的拴马石　　还在
披挂上阵留着血痕的军衣　　还在
运筹帷幄捕捉军机的案台　　还在

而那甲胄凝霜的将军
和他驰骋疆场厮杀的战马
可在

如今　唯有借助一张张图片
和一段段说明文字　　想象
昔日镇守边关的腥风血雨

一个曾经戍边的老兵　　来此
不是来观光游览啊　　是来阅读
一页残存的伊犁军事志

残堡

1

它想告诉我什么呢

古老的石头敲击血与火的硝烟

甲胄　箭镞与筑城人的汗水

我不敢相信　一个乌孙王国

曾在这断壁残垣上屹立

2

啊　蒿草丛生的一座残堡

在玫瑰色黄昏的祥瑞中

不仅孤峭地显现残破

更在彰显着历史的深度

3

一个王朝　在历史深处坍塌了

残堡处处散落着文明的碎片

夕照里　一朵白花绽满了悲怆

伴我在残堡前颔首默立

不只是悼念啊　更是沉思

无题

似距离传说不远
那一尊尊来自乌孙国的石像
虽历经千百年的风剥雨蚀
依然站在草原上

不远处
牧羊女挥鞭赶着羊群
她那回头张望的俏丽身影
引我连连张望

我爱寻觅历史的沧桑
却更钟情欣赏
现实充满活力的青春

在可克达拉听《草原夜曲》

天渐渐深了　深得有些沉静
几颗星星激动地眨着眼睛
像我一样沉醉在歌声里

晚风　从我身边掠过
夜的尽头　莫是月色和星星
又回到昔日的可克达拉

听着优美又有些伤感的夜曲
似有一种东西剜着我的心
让岁月隐隐生痛

此刻我在夜的深邃里　体悟着
什么是欲寄无处寄的相思

风过果子沟

风过果子沟　风的手掌
轻轻拂过果子沟一树树果子
那一粒粒闪烁着晃动枝头
饱满多汁的果子啊

没等风缓缓走远
暮色从果子沟渐渐升起
且渐渐向沟外弥漫　缓缓
加深了夜的颜色

骤然　天上布满了星星
那引我注目的一树树果子
这会儿　怎么被风一吹红后
就一个个爬到天上

爬到天上的果子
一颗颗　闪着汗水的光芒

夜宿那拉提

太阳　随着牧歌远去

卸下一路风尘

那拉提　以家一样温馨的帐篷

扬手拥抱我

不想一场雨　随风潜入夜

淋漓酣畅　打湿我斑斓的梦

待等一帘阳光在梦边跳荡

我还没有醒来

一瓣桃花探进窗里

欲打听梦的秘密

牧羊犬

在一座毡房的羊栏旁

一只狗　瞪大眼睛

欲要洞穿夜的黑

在狗的一阵狂吠声里

风吹走了乌云

吹得月亮又圆又亮

望着洒满月光的羊栏

狗闭上了眼睛

睡了

那些羊

这也是一种生活方式啊
风吹草低　让它们的爱更接近
大地浑厚憨实的额头

远道而来　我一下子就看上了它们
不仅如此　还让我想象
不止一次我把自己想象成
它们中的一员

阳光　挥动着牧鞭
驱赶我　嗅泥土与草根的气息

放牧

他抖开羊鞭　使劲甩了一下
便坐在草原宁静深邃的眼睛里
仰望旷阔的天空

然后　他轻快地吹响了牧笛
让笛声催促羊群撒欢地跑

没等羊群缓缓走进草原深处
天边的风　将一朵朵白云
吹落在草原上

莫是被牧羊人的笛声所感动
风　也追着羊群撒欢地跑

收起牧笛　他握着羊鞭站了起来
他有点担心　风若再大一些
羊群会不会追着白云飞走

草原的风

从草原深处走来的风
徐徐缓缓　不时还回过头
似舍不得离开草原
带着草的清新的气味
带着野花淡淡幽香的气味
还有羊粪马粪牛粪混合的气味

风告诉我
你若从草原走过
也要带走草原的这些气味
才算不枉来一回

灯

夕阳　就要掉进夜里
大概还有三竿距离

牧羊少年放下手中的牧鞭
坐在草坡上
从口袋里掏出一本书

他捧着书
像捧着一块刚出炉的馕
然后　慢慢吃

远处　夕阳还挂在天边
仿佛一盏柔和的灯

晚归

一片一片乌云　越来越低
似有意无意　困住
草原深处的一群羊　几匹马

远处　毡房升起炊烟
遥向渐渐暗下来的天空招手
使迷茫中的羊群有了方向

骑在马上的哈萨克少年
望着毡房渐渐飘远的炊烟
禁不住唱起牧歌

浸透马奶酒清香的牧歌啊
洒在风吹草低的归途

牧羊女

从一个季节到另一个季节
鸟儿追着季节飞走　唯有你
依然守在草原上

野花似知道你的孤独
悄悄开在你的身边　还散发出
比草还清香的芬芳

知你莫过云朵　沿着草坡爬来
变成一只一只洁白的小羊
追逐你放牧的羊群嬉戏

而你却望着草原远飞的鹰
心想　草原那一颗翱翔的心
会为我收拢翅膀

车过那拉提草原

风吹草低　　一群肥硕的羊

低着头神情专注地吃草

它们神情专注吃草的身影

生动而优美

在汽车反光镜的余光中

草地在匆匆走远

刚才一群一群生动优美的羊

小成了一个个颗粒

骤然　　想起初到伊宁的那顿晚餐

那一刻　　当我夹起一块羊肉

贪婪地张大口　　不知是否

咬掉了一块那拉提草原

也是牧马人

我们几代人　扬鞭跃马
生活在那拉提草原上
血液里　自然也有马的蹄音
在骨髓里奔涌

如今　我这个牧马人的后代
不再像父辈在草原上牧马
我将草原上的马换成了铁马
驰骋在伊宁的大街小巷

牧马人进了城依然是牧马人
拉着一座城市飞奔

落日

不知花了多长时间　伊犁河
才从天山缓缓流到这里

风　从河谷的深处吹来
吹得落日懒洋洋地蹲在伊犁河上
伸出手来　似要掬起水喝
想必它和我一样　从东到西
走了一天有点口渴

坐在河岸的白杨树下
坐在诗人亚楠设的野宴上
没等我举起伊力特与之干杯
落日转身就不见了

赛里木湖

1

好一湖清亮明净的水
明亮得令人心跳
仿佛哈萨克少女的眼睛

许是因了这多情妩媚的眼睛
天山才显得端庄秀丽

2

一只水鸟　啄破了光与影
啄破了远处隐隐约约的白

待我走近　一湖澄澈的蓝
还有一层一层蓝白相间的涟漪
宁静了我舒畅惬意的心

3

还没来得及说出满腹的心事
落日的火焰

就把一湖蔚蓝烧得通红

徘徊于迷离的夕照里

俯下身去　我又抬起头来

我怕我的粗犷吻破湖的宁静

赛里木湖　天山的女神啊

白杨

在伊犁河这边　岁月那边
一排排白杨　整整齐齐站立
看见它们挺拔傲立的身姿
我为自己在人前人后的模样
感到羞愧

这时　路过此地的风
还有天上自由飘荡的云
都和我一样放慢了脚步
甚至屏住呼吸　不由自主
抬高了目光

其实　白杨之所以如此坚定站立
是因为不仅根深深地扎在地的深处
更有一身不屈的骨头

苹果花开

是谁　是谁从遥远的伊宁
给我快递一箱苹果

那是去年　苹果树刚刚开花
一朵又一朵　纯洁地开
开成朴素的微笑　令人销魂
如同我在这芬芳的苹果树下
邂逅的一位维吾尔族少女

我想知道她的芳名
她朝我淡淡一笑　转身消失在
盛开的纯洁的白色花丛中
那一刻　我猜不出倾心的欢愉
与内心惆怅的距离

如今　是谁从遥远的伊宁
给我快递来一箱心形的苹果

天山

站在我的仰望里
你的冰川雪岭　以及无边的苍茫
惊动的不只是我的目光
还有我久贮的诗情

从伊宁　沿着伊犁河谷
走过溪水　云杉　雪松
走向你苍茫的静默

不是来登山　也不是来探险
更不是来游览观景
我只是想看看　看看你
渐高渐高的雪线

离我多远

第五辑

回首宁夏

远眺贺兰山

追着黄河的晨曦

贺兰山挟裹着风雷奔腾起来

铁蹄溅起火花

扬起的长鬃

仿佛风中猎猎飘卷的战旗

而溅起火花的铁蹄　扬起风沙

以势不可当的强悍

踏过大漠的孤烟落日

拒敌于国门之外

就这样　贺兰山以骁勇的战姿

屹立于刀枪构筑的军事典籍

和血火熔铸的史诗之上

贺兰山岩画

是谁　将一群牛羊

还有几匹驰骋奔腾的马

挥动鞭子赶进石壁呢

走进石头的牛羊和马

岂止是雕刻在石头上的画

不也是石头心灵的呓语

由此　沿着石上的风痕雨迹

拂去历史的烟云

我注目一幅鲜活的游猎图

这时　一匹马朝我奔来

邀我跳上马背

走进石头里……

六盘山

1

走过一盘风雪

又走过一盘泥泞

一支脚穿草鞋的队伍

盘旋而上

跟着一杆猎猎飘动的红旗

登上六盘山顶

从此　雄峙巍峨的六盘山

与红旗红军在一起

2

历史　将六盘山介绍给我

我又将六盘山介绍给我的脚步

于是我走在六盘山道上

这不是当年红军走过的路

但这是追着他们脚印拓宽的路

当我走过一盘一盘登上峰顶

禁不住放声吟诵

六盘山上高峰……

一阵风迎面扑来

将我吟诵的词吹远

六盘山的风

风　一个劲地吹
一盘风比一盘风烈
全然不顾树站在风里露出骨头
也不顾路边的石头头痛欲裂
更不顾我跋涉在山路上

风　一个劲地吹
它只将红军亭前三面军旗
吹得猎猎飘舞

沙湖

四周尽是旷阔的沙漠
你如一颗晶莹剔透的露珠
缀在沙漠之间

无言的湖水
在我的凝望里　欲言又止
一任我的眼睛啜饮盈盈的情意
而我远征的双足
追着水鸟翻飞的翅膀　徜徉在
湖边的沙滩上

这时　落日站在不远处
和远来的我　一起
欣赏你的奇丽

沙湖月

在沙枣花开得正旺的季节
这沙漠里一湖纯净清澈的水
像是有什么话要对我说

几片乌云飘走之后
一轮又大又圆又明又亮的月亮
悄悄落进沙湖里

啊　月里的嫦娥
莫是赶来邀我幽会哟

镇北堡

从一部电影插曲的歌声里
会意的音符
在昔日一座兵堡的废墟上洒落

洒落的音符
从一部电影跳到另一部电影
兴致勃勃地寻找
不只是寻找电影里的人物
曾经怎样演绎一个个生活的传奇
更想寻找兵堡沧桑的历史

而今我来　只想看看诗人张贤亮
是以怎样诗意的构思　将废墟
变成一处风景

在张贤亮家品茶

没等我坐在沙发上
你将一杯泡好的茶递给我
不等杯子在我手中转动
那一片片舒展的绿
漾着沁人的清香

茶叶泡在水里
有意无意向我展示一些情节
诉说生命曾经的苦涩

在历史与时代的杯子中
你也是一片茶叶
骤被改革开放的沸水
冲泡出一阵阵清香
给我们品尝

品着闻名遐迩的名茗
读着你用生命汁液酿造的小说
我也在品咂你的人生

西夏王陵

曾经煊赫一时的王朝
啥时化作一个个孤零零的土堆
矗立在巍峨的贺兰山下
矗立在黄土一隅

兴起与灭亡
剑埋土里　梦也埋土里
莫看这孤寂的土堆
一个孤独遥望着另一个孤独
却诉说着曾经的传奇

徘徊于孤寂的土堆之间
这土堆　比贺兰山实在渺小
但一个王朝创造的文明
却不会被历史遗忘

马镫

　　——写在西夏博物馆

穿过时空

穿过各种重要的历史事件

将目光浸在时间的风里

我从一个马镫

从马镫斑驳的铜锈上　读懂

西夏历史的沉重

明长城

蜿蜒伸向远方

这残垣断壁的那边　何时

奔来进击的铁蹄

夕阳下残存的土垛

这当年报警的烽火台

这曾经使天空更加陡峭的烽火台

默默矗立在远来的风里

欲言不语

是啊　只有风

能够说清风雨剥蚀之前

它的形象与意义

烽火墩

1

烽火熄灭之后

系着边塞伤风感冒的狼烟

消逝在远去的马蹄声里

留一截历史的断想

屹立于岁月荒原上

2

一根嶙峋的骨头

在荒原的胸脯上　凸现

战争与历史的苍凉

不啊　更像一只古老的埙

在走来走去的风里　演奏

长河落日的悲壮

横城落日

这一刻　我变得异常安静
远来的黄昏　和我一起登上横城
俯看远方的落日

在这黄河与城墙一起拐弯的地方
穿越时空的风　让我体验着
历史的苍凉与悲壮

曾经　一个舞姿蹁跹的王朝
以及党项人的盔甲与马蹄
竟谜一样消失在落日的远方

是啊　落日可以沉没沧桑
却沉没不了鲜血染红的记忆
眼前的断壁残垣是记忆的残片吗

这时　残照爬过城墙的垛口
和我一起　听风用西夏方言诠释
西夏王朝散落的文明

红山堡

那声音　是从苍茫的沙漠里
还是从多难的历史黄卷中
隐隐传来

漠风没有回答我
匆匆吻了吻岁月的额头
扬长而去

从风卷黄沙的流动声里
我依稀听见——
冲锋的号角　奔驰的马蹄

藏兵洞

一处暗藏玄机的地堡暗道
灵巧地隐藏在明长城脚下
无论攻战　还是据守
都神出鬼没

如今　烽火硝烟早已远逝
这被时间掩埋太久的诡秘
又被时间骤然发现
不仅没被时间风化
反而成了体验战争的去处

没被时间风化的　还有
那一页斑驳的战争史

水洞沟

整个沟　就是一个诱惑
诱惑人们来这里探询
探询水
探询洞
探询沟

无须考证
三万年前这里有人狩猎捕鱼
这里有人生火做饭
只看这里一把石刀　或炭化的谷粒
就足以证明

当然　我不是考古工作者
我只是一个游客
只想来此　能够穿越时空
体验一下水洞沟的渔猎生活
或聆听一下他们的劳动号子

仅此　水洞沟在我眼里

不只是一处人类文化遗址

更是历史教科书里的

一个断句

在沙坡头远眺黄河

仿佛一条蜿蜒的丝带
从远天轻轻飘了过来
在这里转了一个弯

不闻崩云裂岸的涛声
也不见悬空倾泻的浊浪
羞答答的黄河转过身来
是为迎接远方来客吗
宁静得如一首小夜曲

风　吹弯了山峦
也吹弯了远天流来的黄河
但水不会迷失方向

这不　我的目力所及之处
水与沙轻轻相拥
这岸是沙　那岸是树和禾苗
让我认识了水的力量
以及水的滋养

黄河古渡口

凌汛过后
黄河水一夜之间涨了
随水涨的还有我的思绪

河对岸的风
还有风里追逐的羊群
要过河吗

可那曾经渡河的羊皮筏子
早丢在时间之外
失踪了

只有一位昔日的船夫
站在渡口　绘声绘色给我描述
昔日的风风雨雨

背影

　　——路边小店所见

她羞怯地低着头
将一碗羊杂汤递给我
就匆匆转过身去

不一会儿
她又匆匆将一碗羊杂汤
递给又一个食客

我没看清她的面容
仅从她十几岁的背影
看出还有点瘦弱

不知她托起汤碗的手
能否托起一个女孩沉重的憧憬
和对未来的虚构

在西海固，遇雨

在土地粗重的喘息声
和根须挣扎生长的呼喊里
几片乌云飘了过来

接着　一滴刻骨铭心的思念
一滴贮满记忆的泪水
迟缓而凝重地
落下来

捧着一滴滴硕大的惊喜
我的眼角止不住落下
一滴滴硕大的雨

水窖

一场雨后
季节的呓语
便以水窖的方式
开始缄默

缄默里　还有干涩的记忆
以及扯痛生活的想象
它们都会以清凉的波纹
信守历史的承诺

它开始说话的时候
有点矜持　有时欲言又止
以让一个个日子保鲜

西海固的云

站在西海固的地上
我总习惯向着远天张望
不为什么　只想看一看
天气有什么变化

这不　在我期待的目光里
远天　缓缓升腾几团云气
它慢慢拉长又紧紧收缩
似在酝酿爱的甘霖

不等飘浮的云扬起耳朵
谛听自己脉搏的跳动
一阵归心似箭的风
从天外吹来

几朵飘浮的云骤被吹散
深厚了西海固的失望

"喊叫水"

这是一个村名
这是一个干旱得直喊水的村名
尽管一代代人干涩的喉咙
喊破了天　喊裂了地
也没有喊来水

直到喊来北京的风
牵来血液一样奔流的人工渠
云梯一样级级升高的泵站
黄河水才流进这片土地

通水那天　亲切地捧起一捧水
"喊叫水"村眼睛湿了

枸杞

枸杞红了
一时间　在塞上江南肆无忌惮地红了
这典型的中国红啊
红得火一样热烈奔放
红得宝石一样晶莹剔透

红了的枸杞
一颗颗　密匝匝挤在枝头
也许比一颗露珠大不了多少
但在我眼里　一颗枸杞
就是一颗太阳

不只是有太阳的红
更有太阳一样火辣辣的激情
但它不会轻易言表
只是一旦冲破时间的藩篱
就捧出血一样的心

只因　它是用痛苦和爱
滋养自己的生命

宁夏红

黄河拍天的浪　带不走

腾格里席地的沙　带不走

贺兰山峥嵘的石头　带不走

南关清真寺的月　带不走

宁夏川里的花儿　带不走

六盘山口的风　带不走

还有党项人昔日的辉煌

以及辉煌之后散落的文明

也没有办法带走

挑来选去　只好带走宁夏红

这历史文明以及党项人的情

酿造的美酒啊

带走宁夏红

也就带走了一个宁夏

在白芨滩

真不敢相信
这曾经风沙肆虐的大沙漠
竟被一个个草方格缚住
只因那一个个草方格里
站着一丛丛沙灌木

这一丛丛涵养水分的沙灌木
这一丛丛净化空气的沙灌木
这一丛丛为鸟营造家园的沙灌木
这一丛丛阻击风沙进击的沙灌木
不仅是白芨滩独特的风景
也是白芨滩变迁的见证

如今　我来白芨滩
除了向发明草方格治沙的人致敬
还想站在一个草方格里
站成一棵草　或者
一棵树

沙棘

我认识沙漠
其实就是从沙棘开始的
不是吗　在这草也不生的沙漠中
一丛一丛沙棘　蓬蓬勃勃
开着美丽的花

对于旷阔浩瀚的沙漠
沙棘实在显得有些单薄弱小
但它却以尖锐锋利的刺
挑破风沙野蛮的裹挟
在天堂的路上或地狱的门前
与命运抗争

何须用一百支画笔　一百种颜色
描摹沙棘不屈的生命
在季节那边　它小小的金黄的果实
以对虚无决绝的反抗
充填沙漠的空白

骆驼刺

不是不想吮吸雨露
不是不想享受泥土的爱抚
既然选择风沙肆虐的沙漠
就得以有别他人的生存方式
过自己的生活

风一吹来　匍匐　挣扎
纵然风沙一个劲地撕扯
只要将根紧紧抓住大地
我就会将孤独　信念与希望
向着天空拔节

就这样　不卑不亢默默地生
峥嵘向上倔强地长
任凭霜寒　雪冷　风打　沙埋
我用生命之血孕育的殷红
是草　也是花朵

除了跋涉沙漠的骆驼
没有谁能领悟我

沙漠上的脚印

1

这是一条路吗
如果是路　它通向哪里

这条路
也许不通向任何地方
它静静等待一个脚印
为它标明方向

2

朝着腾格里沙漠深处走去
我沉实稳健的脚印　在沙漠里
写下一行行文字

骤然　远天一阵风吹来
掀起一层层沙浪
将那一行行文字卷走了

我依然一往无前地走着
沙漠　你记下我的诗没

腾格里沙漠

一望无际　茫茫直抵天的尽头
黄沙之外还是黄沙
远来的风似有点恣狂　将沙漠
打扫得更加苍茫

苍茫深处还是苍茫
只有芨芨草　以生命小小的绿
呼唤骆驼踩下的脚印
在风沙中缓缓穿行

时间　把历史有关的游踪
变成今日的探险